Alistuva
Kirjastonhoitaja
ja muita tarinoita
Erika Sanders

Alistuva Kirjastonhoitaja ja muita tarinoita

Erika Sanders
Sarja
Dominointi ja eroottinen alistuminen

@Erika Sanders, 2023

Suositeltu kuva: @ Tawny Nina Botha - Pixabay, 2023

Ensimmäinen painos: 2023

Synopsis

Alistuva Kirjastonhoitaja on romaani, jossa on vahva eroottinen BDSM-sisältö, ja puolestaan uusi romaani, joka kuuluu Erotic Domination -kokoelmaan, sarja romaaneja, joissa on korkea romanttinen ja eroottinen BDSM-sisältö.

(Kaikki hahmot ovat vähintään 18-vuotiaita)

Huomautus kirjoittajasta:

Erika Sanders on yli kahdellekymmenelle kielelle käännetty kansainvälinen kirjailija, joka allekirjoittaa eroottisimmat kirjoituksensa, kaukana tavallisesta proosastaan, tyttönimellään.

Indeksi:

ALISTUVA KIRJASTONHOITAJA JA MUITA TARINOITA
ERIKA SANDERS

ALISTUVA KIRJASTONHOITAJA

13

"Neiti, olisitteko niin ystävällinen ja näyttäisitte minulle, missä eroottiset kirjat ovat?" miesääni sanoi takaani.

Jäädyin, sormeni kiinnitettynä tietokoneeni näppäimistöön.

Suljin silmäni hetkeksi ja nielin.

Tunsin alempien lihasten kiristyvän sisälläni.

Tunsin nänniti kovettuvan rintaliivieni satiinia vasten.

Se ei ollut hänen sanansa, se oli hänen äänensä.

Sen hän teki minulle.

Jatkoin hänen kuuntelemistaan vielä nytkin, kun hän oli vaiennut, ja se herätti minussa halun kaivattua vapautusta.

Se oli erittäin sileä.

Kuten valkosuklaatryffelit, ihmelääkeni, liukuvat alas kurkustani.

Syvä, aivan kuten silloin, kun...

Hengitin sisään vapauttaen hitaasti hengitystäni sormeni kiertyessä nyt yrittäessäni säilyttää tasapainoni.

"Autan teitä mielelläni, sir."

Päästän ulos pehmeän mutta kuuluvan henkäyksen ja erehtymättömän voihkin.

Kun käännyin ympäri, kuulin oman terävän hengitykseni.

Hän seisoi vastaanoton toisella puolella, aurinkolasit edelleen päässä, hänen kiinteät huulensa vapisevat hieman.

Tajusin, että halusin hymyillä.

Jäljitin hänen punaisten viiksiensä ja vuohenpukkien viivoja silmilläni, kieleni pomppasi ulos nuolemaan alahuuliani, vaikka yritin vastustaa liikettä.

"Eroottiset kirjat, neiti?"

Nostin silmäni ja kuvittelin, mitä ajatuksia hänen päässään liikkui.

"Kyllä, sir, tähän suuntaan."

Kävelin tiskin ympärillä polveni täristen hieman.

Pysähdyin palauttamaan tasapainoni ja kiroin itseäni siitä, että käytin tänään mustia korkokenkiä.

He olisivat helvettiä päästä portaita alas alempaan kerrokseen.

Tunsin hänen ruumiinsa lämmön takanani, kun kävelimme kohti referenssiosaa.

Pidin käteni kiinnitettyinä kylilleni haluten tavoittaa hänet.

Haluan olla oikealla paikallani hänen takanaan ja antaa hänen ohjata minua.

Mutta säilytin ammatillisen malttini ja lähdin selailemaan tietosanakirjojen hyllyjä.

"Naiset ensin", hän sanoi, kun saavuimme sisäänkäynnille, joka johti alakertaan.

Pyöräytin silmiäni tietäen, ettei hän nähnyt niitä.

Mutta osa minusta toivoi, että hän olisi.

Tukahdutin kikatuksen ja tartuin kaiteeseen aloittaen hitaan laskeutumisen.

Voisin olla huono tyttö milloin vain.

"Oliko jotain erityistä, jota etsitte, sir?"

"Eroottinen romanssiosio. Kirjoitin etsimäni nimen paperille. Katsotaanpa, löydänkö sen."

Olimme päässeet pohjaan ilman onnettomuuksia, vaikka kantapääni oli tarttunut kahdesti kapeiden metalliportaiden reunaan.

"Uusia vai käytettyjä, herra? Loputkin uudet pokkarit säilytetään täällä. Pidämme niitä vain pari kuukautta yläkerrassa."

"Uusi, parempi."

"Sitten meidän pitäisi mennä tätä tietä", sanoin, käännyin vasemmalle ja suuntasin alas hämärästi valaistua käytävää, sykkeeni nousi joka askeleella.

Hänen hengityksensä tuli raskaammaksi, kun hän seurasi minua.

Kengämme napsahtivat kellarikerroksessa, ympärillämme olevien kirjahyllyjen vaimentaman äänen.

Yläpuolellamme valo humisi ja välkkyi.

Tein muistiinpanon ilmoittaakseni viallisesta lampusta.

"Mikä oli kirjan nimi?"

"En näytä löytävän muistiinpanoani. Mutta kirjoittaja aloitti E:llä ja sukunimellä Sanders, Erika? Tietäisin otsikon, jos näkisin sen."

Osoitin huoneen toisella puolella olevia hyllyjä.

"Siis on ehkä parasta aloittaa sieltä."

"Jälkeen kaipaat."

Tunsin hänen kätensä pienellä selälläni, kun lähestyimme oikeaa osaa.

Suljin silmäni hetkeksi haluten voihkia.

Oli tuntunut pitkältä ajalta siitä, kun tunsin hänen kosketuksensa, vaikka se oli vasta aikainen tänä aamuna.

Paidassani tunsin hänen ihonsa lämmön polttavan minun.

"Voisin auttaa sinua katsomaan, jos voisit antaa minulle vihjeen. Ehkä sana?"

"Seksi. Luulen, että sillä oli jotain tekemistä seksin kanssa."

Hänen äänensä oli matala kuiskaus korvaani vasten.

Sitten hän painoi itsensä minua vasten ja työnsi minut kohti pientä kirjoituspöytää käytävän päässä.

Kun en voinut mennä pidemmälle, hän lisäsi painetta alaselässäni ja kallisti minua eteenpäin.

"Mutta kiinnostukseni lukemiseen on juuri nyt hiipumassa. Mieluummin koen sen."

Huokaisin ja tartuin pöydän reunaan vakauttaakseni itseäni.

Rinnani löivät kylmää, kovaa yläosaa vasten.

Voihkin, kun tunsin hänen kiihottumisensa hänen housunsa ja hameeni läpi, kun hän hieroi itseään hitaasti minua vasten takaapäin.

Nielaisin, kun hänen kätensä liukui etelämmäksi, hyväillen persettäni.

Kiinni hameeseen.

Vetämällä pikkuhousut polviini asti.

Kun hänen sormensa osuivat pilluani vasten, puristaen turvonneiden huulteni väliin, vinkuin äänekkäästi.

" Shhh "

Hän jatkoi silittämistäni niin hitaasti, että se oli raivostuttavaa.

Hänen toinen kätensä leikki hiuksillani löysentäen nutturaa, jonka hän oli huolella kiinnittänyt siihen tänä aamuna.

Purin alahuultani ja nojasin poskeni pöydälle.

Huusin taas, kun hänen kätensä katosi jalkojeni välistä.

"Ole hyvä tyttö. Älä liiku."

Kuulin hänen avaavan vyönsä ja avaavan housunsa vetoketjun.

Kuulin hänen pehmeän huokauksensa, kun hän luultavasti vapautti kukkonsa nyrkkeilijöidensä rajoista.

Kuulin oman sydämeni hakkaavan villisti korvissani.

"Muista nyt, neiti, olemme kirjastossa. Kuulin, että kovan äänen pitämiselle on tiukat säännöt. Ja rangaistus noiden sääntöjen rikkomisesta... no, olen varma, että olet tietoinen olemisen velvollisuuksista kirjastonhoitaja on ja kaikkea muuta." ".

Hänen sormensa hyväili pilluani jälleen.

Mutta jokin ei ollut oikein.

Hän myös tarttui lantiostani molemmin käsin.

Voihkaisin ilosta, kun tajusin, että hänen kukkonsa hieroi minua siellä.

Kova halkeama kuului, kun se osui paljaalle pohjalleni ja sai minut hyppäämään ja huutamaan.

"Kysyin sinulta kysymyksen, neiti."

"Olen pahoillani, sir."

"Oletko innostunut?"

"Kyllä herra."

Hän painoi eteenpäin, hänen kalunsa tunkeutui aina niin vähän, kun hän heilutti lantiotaan edestakaisin.

Levitän jalkani niin leveäksi kuin ne pystyivät pikkuhousuni työntäen edelleen polviani yhteen.

Kun hän oli täysin sisälläni, hän siirsi kätensä alaselkääni.

Hän kietoi löysät hiukseni toisen kätensä ympärille ja veti.

Huusin ja katsoin kylmää harmaata seinää.

Hänellä oli se niin suuri sisälläni, että se venytti minua leveäksi.

Hän huohotti kulkiessaan sisään ja ulos verkkaisesti.

Hän löi uudestaan peppuani ja kumartui sitten uudelleen pöydän yli.

"Tämä on hyvä tyttö. Mukava ja tiukka. Erittäin märkä. Juuri niin kuin herrasi pitää heistä."

Voihkin, kehoni anoen häntä tuomaan minut huipentumaan .

Jälleen keinuin häntä vastaan, seuraten hänen rytmiään.

Se toi minulle toisen osuman.

"Älä liiku, Pikkuinen. Vitun kanssasi. Saat tilaisuutesi myöhemmin. Ja ole hiljaa."

Yritin olla tekemättä melua.

Yritin kovasti.

Tiesin, että kirjastossa oli muita ihmisiä, mutta kukaan ei yleensä mennyt kellariin.

Mutta kaikista päivistä, jolloin joku vaeltelee täällä, tänään saattaa olla se päivä.

Ja silti, toivoin myös, että joku löytäisi meidät vitun, jotta voisin omaksua sen jossain sisälläni piilevän ekshibitionismin palan.

Kuitenkin, kun hän tunkeutui sisään ja vetäytyi hiuksistani, en voinut muuta kuin valittaa ja huokaista.

Hän huusi, kun hän päätti lyödä minua.

Hän nai minua useita pitkiä minuutteja.

Se tuntui niin hyvältä.

Tässä kulmassa hän ei kuitenkaan päässyt orgasmiin.

Ja hän tiesi sen.

Hän päästi irti selästäni pitäen edelleen hiuksiani ja löi persettäni.

Vahva.

Hänen äänensä sihisi, kun hän kysyi:

"Pidätkö siitä, kulta?"

minä murisin.

"Kyllä sir! Pidän siitä kovasti"

"Niin, mitä, pikkuinen?"

Se osui minuun taas.

Terävät äänet ja lyhyt kipu hänen kätensä kosketuksissa paljaalle iholleni kilpailivat huutojeni kanssa.

Varsinkin kun hän jatkoi ison kalunsa työntämistä pilluani.

En voinut ajatella.

En voinut puhua.

"Odotan."

Toinen isku.

"Jos rakastan!" minä huokaisin.

"Hyvä tyttö."

Hänen vapaa kätensä liukui alle ja hyväili klitoistani.

Huusin, kun vartaloni tärisi.

Mutta aika ei riittänyt.

Hänen kätensä katosi, ja hän vetäytyi yhtäkkiä kokonaan pois.

"Nouse ylös, Pikkuinen ja käänny ympäri."

Jalkani olivat tunnoton totellessani.

Nojasin peppuni pöytää vasten hetkeksi, mutta nousin heti taas pystyyn irvistellen.

En uskonut, että pystyisin istumaan muutamaan tuntiin.

"Riisu vaatteesi."

Avasin suuni, mutta suljin sen, kun näin hänen kallistavan päätään alas ja katsovan minua aurinkolasiensa reunan läpi.

Avasin hameen vetoketjun ja liukasin sen pois ja vedin samalla pikkuhousuni alas.

Avasin puseroni napit, otin sen pois ja lisäsin rintaliivini lattialla kasvavaan kasaan.

Hän katsoi minua hymy huulillaan, hänen kielensä työntyi ulos joka kerta, kun hän paljasti enemmän ihoani.

Sitten hän löysää kravattinsa ja päästi sen irti.

Hän pyöritteli sormeaan ilmassa.

Käännyin vielä kerran ympäri.

Hän otti hiljaa käsistäni, veti ne selkäni taakse ja sitoi ne solmiollaan.

Sitten hän painoi olkapäätäni ja minä kohtasin hänet uudelleen.

"Nojaa taaksepäin."

Purin alahuultani, mutta tottelin.

Pakaroni oli edelleen erittäin kipeä, varsinkin kun pöydän reuna kaiveili mustelmiini lihaksiin.

Ja nyt, kun käteni oli sidottu myös selkäni taakse, en voinut käyttää niitä tukemaan kehoani.

"Levitä jalkasi. Hyvä tyttö."

Hän lepäsi vasemman kätensä oikealle olkapäälleni tasapainottaakseen minua ennen kuin peitti pilluni toisella kädellään.

Suljin silmäni, kun kaksi hänen sormensa painuivat turvonneiden huulteni väliin hieroen klitoistani.

Annoin pääni pudota taaksepäin ja kävelin pois hänestä takanani olevaa seinää kohti.

Hän pakotti jalkani kauemmaksi toisistaan ja nosti pilluani, jotta hänen sormensa voisi hyväillä sitä syvemmälle.

Unohdin kaiken kivun.

Ja kuinka haavoittuvainen olinkaan, jos joku sai meidät kiinni.

Pystyin vain ajattelemaan, että pääsisin tuolle kalliolle ja putoamaan sen jälkeen päätähyn.

Hän kiipesi ja kiipesi ja kiipesi... voihki nyökkäykseni aikana.

"Voi pikkuinen. Mitä minä sanoin sinulle hiljaisuudesta?"

Hengitin, kun hän otti kätensä ja veti minut jaloilleni.

"Polvistu."

Huusin, kun hän auttoi minut polvilleni.

Käteni lepäävät kipeällä pohjallani.

Hänen solmionsa reunat harjasivat reisieni takaosaa.

Tunsin edelleen hänen kosketuksensa pistelyn, ihoni lämmön siellä, missä hänen kätensä olivat olleet.

Pilluni puristui tyhjyydestä , joka siellä nyt oli.

"Avaa suu."

Nojasin pääni taaksepäin ja pudotin leukani.

"Hyvä tyttö."

Hän hyväili poskeani sormiensa selässä hetken.

Sitten hän laittoi peukalonsa suuhuni, kostutti sen kielelläni ja hieroi sormellaan alahuuliani.

"Olet niin helvetin ihana, neiti. Tytöni."

Tällä hän nosti kukkonsa ja korvasi peukalonsa kukkonsa päähän.

"Nuule sitä."

Ojensin kieleni ulos ja peitin sen kärjen syljelläni.

Hän hieroi kukkoaan edestakaisin ja huulteni ympärillä.

Ja sitten huokaisin.

"Mitä minä nyt teen noilla äänilläsi?"

Hän painoi leukaani, veti kevyesti avatakseen minut leveämmäksi, ja sitten liukui kalunsa suuhuni, kunnes se lepäsi kielelläni.

"Joo, se saattaa saada sinut olemaan hiljaa."

Räpytin silmiä, mutta pidin katseeni hänen kasvoillaan.

Hänen hymyssään näin heijastukseni hänen laseissaan ja voihkin taas.

Hän työnsi kukkonsa syvemmälle suuhuni ja sai minut suutelemaan.

Hän vetäytyi hitaasti ja astui sitten taas sisään.

Uudelleen ja uudelleen hän täytti suuni, hänen jäykkä ihonsa hieroi kosteita huuliani vasten.

Hän vetäytyi kokonaan ulos ja löi kukkoaan huulilleni muutaman kerran.

"Hengitä syvään."

Suljin suuni ja nielin, maistelin omia nesteitäni ja hänen precumiaan kielelläni, ja sitten avasin sen uudelleen.

"Mikä hyvä tyttö."

Hän eteni liu'uttaa hänen kukko suuhuni uudelleen, hänen kätensä molemmin puolin päätäni.

Sitten hän työnsi lantiotaan edestakaisin, vitun suutani kuin hänellä olisi pilluni.

Hän jatkoi useita pitkiä minuutteja, tarttuen hiuksiini yhdellä kädellä pitäen päätäni taaksepäin.

Ajoittain hän käski minun imeä tai nuolla vain kruunua.

Ja hän pysähtyi toisinaan hautaamalla kukkonsa niin syvälle, että tunsin sen kurkussani ja tunsin hänen pallojaan leukaani vasten, hänen miehisyyden mausteisen tuoksun tunkeutuvan nenääni.

Hän kurkotti alas ja puristi nännini tai hyväili rintaani useita kertoja, mutta hän ei koskaan viipynyt liian kauan ja täytti suuni kukkollaan aina haluamallani syvyydellä ja nopeudella.

Vinisin ja vinkuin, mutta äänet, joita tein, vaimenivat nyt.

Ja koko ajan hän kuiskasi rohkaisevia sanoja.

"Se on herrasi hyvä tyttö. Jumala, tuntuu niin hyvältä, että suusi on kietoutunut kaluni ympärille. Kyllä, kulta. Niin. Mmmm. Jatka samaan malliin."

Kaiken tämän liikkeen myötä lasini liukuivat alas nenälleni.

"Katso minua, Pikkuinen. Voi kulta, olet niin helvetin kuuma näin. Kukkoni suussasi , silmäsi minussa. Olet niin avuton, armoillani. Ja nuo lasit. Voi paska!"

Hän nai minua vielä muutaman kerran, ja sitten tunsin hänen kuuman huumansa osuvan kurkkuni takaosaan.

Hän piti päätäni paikallaan, hänen kalunsa painoi kieltäni ja suuni kattoa.

Kun hän lopetti, hän sanoi:

"Nuule sitä. Jätä se puhtaaksi, kulta."

Tein parhaani käyttämättä käsiäni.

"Tämä on minun hyvä tyttöni."

Hän silitti hiuksiani, kunnes oli tyytyväinen.

Hän auttoi minua seisomaan ja istutti minut pöydälle.

Ennen kuin ehdin reagoida, hän työnsi kätensä pilluani ja peitti suuni omallaan hiljentäen yllätyshuutoni.

Hänen toinen kätensä peitti yhden rintani ja lopulta hyväili kipeää nänniäni kämmenensä alla.

"Terve herrallesi, kulta", hän kuiskasi antaessaan minun hengittää.

Sitten hän suuteli minua uudelleen, työnsi kieltään omaani vasten, samalla kun hänen sormensa leikkivät klitoosillani.

Tällä kertaa kiipesin tuolle kalliolle ja lopulta putosin, vartaloni vapisi sen alla.

Hän nieli huutoni, hänen vartalonsa peitti minun, painaen minua pöytää ja seinää vasten, kunnes makasin hiljaa hänen alla.

Räpytin silmiä, kun hän astui taaksepäin, puski kukkonsa ja tasoitti vaatteensa.

Hän auttoi minua seisomaan uudelleen ja irrotti ranteeni.

"Pukeudu, pikkuinen. Korjaa hiuksesi."

Otin vaatteeni lattialta hämmentyneenä.

Vedin hiukseni nopeasti nutturaksi ja suoristin lasini.

Kun olin taas pukeutunut, hän kupli poskeani ja hymyili minulle.

"No tuosta kirjasta, jota etsin..."

Selvensin kurkkuani ja nostin satunnaisen kirjan hyllyltä.

"Luulen, että tämä on se, jonka halusit, sir. Se oli täällä näkyvissä koko ajan."

"Kuinka oikeassa olet, neiti. Olen niin iloinen, että siellä on pätevä kirjastonhoitaja, kun tarvitset sellaista."

"Aina kun haluat, sir", hymyilin ja poistuin hyllyiltä. "Milloin tahansa haluat, olen täällä palvellakseni sinua missä tahansa tarvitset."

SEKSUAALINEN HALU

25

Rakkaani, haluan sinun istuvan tietokoneesi edessä ja näyttävän kuvan, visuaalisen palan, kuin pillua.

Ei kasvoja ja vartaloa, vain polvet koukussa ja jalat leviämässä.

Pitkät ja kauniit tyylikkäät sormet, jotka erottavat hieman emättimen huulet.

Kuvittele, että astun sisään ja istun tämän pöydän ääressä täysin pukeutuneena.

korkokenkiin, nilkkakääreisiin, teräväkärkisiin mustiin nahkakenkiin molemmin puolin sinua.

Sinä nojaat taaksepäin ja hymyilet ja minäkin nojaudun taaksepäin hymyillen.

Nostan ohutta, silkkisen mustaa mekkoani ja näet, että pikkuhousuistani puuttuu ja kosteudeni kiilto halkiostani on jo havaittavissa.

Näet mustan korsetin kärjen, johon myös sukat on kiinnitetty.

Nostan mekkoani molemmin käsin ylöspäin, vedän sen pääni yli ja paljastan sinulle vain muutaman senttimetrin leveän nahkaisen korsetin.

Minun nännit ovat pystyssä ja korkeat, mutta ne työntyvät esiin ylhäältä.

Nojaat sisään, mutta minä olen täällä leikkimässä kanssasi ja käytän teräviä kenkiäni pitääkseni sinut siellä missä olet.

Näen selvästi kasvavan kukon, jonka täytyy tulla ulos housuistaan, ja pyydän sinua avaamaan ne.

Juostan kieltäni huulillani pitkin niiden pituutta hymyillen, kun liu'utat alas housujasi.

Kukon pää työntyy ulos nyrkkeilijöistäsi ja siinä on myös hieman vaativaa kiiltoa.

Näin on hyvästä syystä.

Tämä näkemys pystyssä olevasta kukkostasi saa minut yhtäkkiä päälle ja pyydän sinua nuollamaan minua.

Kumarrut eteenpäin ja vapautat huuleni hieman löytääksesi klintiseni.

Otat sen suuhusi, jotta se työntyy ulos hieman enemmän.

Tarvitsin vain kielesi kosketuksen saadakseni minut liikkeelle.

Kun viihdyn, pyydän sinua ottamaan kaluasi toiseen käteesi ja silittämään sitä kevyesti.

Teet sen, mutta voin kertoa sinulle, että tarvitset enemmän, tämä ei riitä.

Pakotan sinut polvilleni viedäkseni sinut kokonaan suuhuni, nuoleen vuorotellen tyvestä ylös, ylhäältä alas ja takaisin palloihin, nuoleen haaran sisäpuolta.

Pidät siitä, mitä näet, kun polvistun, perseeni on ohut kuin muutaman tuuman leveä ja peräaukoni on tiukka ja kutsuva.

Nousen taas ylös, koska olen liian lähellä huipentumaa.

Nostan sinut ylös ja housusi menevät polvisi yli.

Sinulla on edelleen kengät jalassa, solmio vielä sidottu, mutta paitasi on auki kokonaan.

Rakastan nähdä niin paljon ihoasi kuin mahdollista.

Nyt kun seisot, pyydän sinua kääntämään selkäsi minulle .

Avaa jalkasi tarpeeksi, jotta voin polvistua takanasi.

Kieleni nuolee jalkojasi, nuolee pallojasi ja jopa perseesi halkeamaa, nuolee ja pyörittelee kieltäni peräaukon ympärillä.

Otan pussistani vibraattorin ja kysyn, voinko käyttää sitä sinuun, mutta ennen kuin vastaat, laitan sen ihoasi vasten.

Olen jättänyt suullani sylkeä persellesi, jotta kaikki on voideltu.

Laitan sen pienelle nopeudelle ja juoksin pallojesi yli ja pallojesi ja persereikäsi välissä.

Toinen käteni menee jalkojesi väliin ja tarttuu kukkoon, silitellen ja tuulettaen sitä.

Vibraattori tuntuu hyvältä perseessäsi.

Laitan sen peräaukon viereen ja liu'utan toista kahdesta kärjestä, ohuen, joka on myös suosikkini.

Tämä liukuu sisään ja laitan toisen kärjen enemmän keskelle, pallojesi taakse, taas katsoen kuinka tunne vie sinut uudelle tasolle.

Kätesi tarttuvat pöytään ja silmäsi ovat kiinni antaen periksi sille, mitä haluan tehdä.

Mutta pysyn sellaisena, silittelen hieman samalla, kun annan surin saada sinut miettimään, mitä tapahtuu seuraavaksi.

Pysähdyn äkillisesti ja käsken kääntyä ympäri.

Teet sen ja kasvosi punastuvat.

Nautit tästä todella ja pääsit lähemmäs haluamaasi tilaa.

Mutta mieluummin hidastan vauhtia viedäkseni sinut takaisin suuhuni.

Olen yhtä kuuma kuin helvetti ja menetän hieman hallinnan.

Joten panen sinut istumaan uudelleen ja polvistun edessäsi ja pyydän sinua hyväilemään itseäsi, mutta hitaasti.

"Hyväile itseäsi rakkaani."

Kun polvistun edessäsi ja nojaan takaisin kantapäilleni.

Kytken vibraattorin päälle ja hieron sitä emättimeni ulkopuolelle klitoriksen yli.

Tämä kestää alle sekunnin päästäkseni orgasmiin.

Minulla on jalat ja polvet leviämässä ja nojaan päätäni taaksepäin, levittäen pilluani käsilläni ja haluan sinun näkevän orgasmilihakseni liikkuvan.

Pidän vibraattoria, kunnes olen valmis ja omat mehuni valuvat ulos.

Katson sinua ja masturboit ja lisäät vauhtia.

Vauhtisi on kiihtynyt, ja se on niin jännittävää, että olen polvillani ja pyydän sinua kumoamaan kasvojani ja rintaani.

Ja kyllä, varmasti, niin teet sen.

Näen kuinka maitosi suihkut tulevat minua kohti.

Mutta päädyt ruiskuttamaan tietokoneen näyttöön ja näppäimistöön .

Sanomme hyvästit toiseen kertaan ja sammutat verkkokameran.

TERVETULOA KOSTEUS

31

Glenn tulee kotiin raskaan työpäivän jälkeen ja jättää salkkunsa ja takkinsa oven viereen.

Hän huomaa talon epätavallisen hiljaiseksi, mutta ei kiinnitä siihen paljon huomiota ja suuntaa makuuhuoneeseen.

Kun hän kävelee portaita ylös, hän haistaa rakkaan vaimonsa Susanin hajuveden ihanan tuoksun.

Kun hän saavuttaa tasanteen, hän kuulee vaimeita musiikin ääniä, jotka pakenevat heikosti huoneensa ovesta.

Varmistuen siitä, ettei hän aiheuta melua, hän avaa oven hitaasti.

"Susan?" Hän sanoo melko syvällä miesäänellä.

Kun ovi avautuu yhä leveämmäksi, hänen sängyllä makaavan alaston ruumiinsa näkeminen saa hänet vapisemaan.

"Kyllä kulta." hän sanoo kireällä äänellä.

Hän alkaa kävellä sänkyä kohti, mutta nainen käskee häntä lopettamaan.

Hämmentyneenä hän tekee kuten käsketään, tietäen, että hänellä on jotain mielessään.

Hän nousee sängystä.

Hänen ruumiinsa liikkuu suurella armolla.

Hän ei voi olla kiinnittämättä hänen herkullista rintaansa, joka liikkuu hieman, kun hän kävelee häntä kohti.

Hän tuntee kukkonsa kovettua ajatuksensa kulkiessa

"Hän on niin kaunis".

Hän ojentaa kätensä ja avaa hänen vyön.

Myös hänen housunsa, hän avaa ne ja laskee ne.

Tämä saa hänet vapisemaan jännityksestä.

Koska hän näkee hänet niin innoissaan, hän hymyilee ja vetää hänen nyrkkeilijäänsä alas nälkäisenä tarpeensa imeä hänen kovaa jäsentään.

Hän asettaa kätensä varovasti hänen nyt pystyssä olevalle kalulleen silitellen sitä hitaasti.

Sitten hän ojentaa kielensä ja nuolee päätä ennen kuin laittaa sen suuhunsa.

Hän voihkii, kun hän alkaa imeä hänen kovaa kaluaan.

Siirtää sitä suuhunsa sisään ja ulos nopeammin ja nopeammin.

Sitten hän palaa hitaasti hitaaseen tahtiin ja pyörittelee kieltään pään ympäri samalla silitellen sitä kädellä.

Hän voihkii, kun hänen kätensä hyväilee hänen kukkonsa vaaleanpunaista päätä.

Sitten hän nuolee hänen pallojaan hänen kukkonsa kärkeen.

Hän ottaa sen suustaan ja nousee seisomaan suudellakseen häntä intohimoisesti ja riisuessaan tämän paitaa.

Hän kietoo lämpimät kätensä hänen ympärilleen, vetää häntä lähemmäs itseään ja tuntee hänen rinnansa painuvan hänen rintaansa vasten.

Kun he suutelevat, hänen kätensä juoksevat pitkin hänen vartaloaan ja tuntevat hänen pehmeän ihonsa sormenpäiden alla.

Hänen kätensä liikkuvat hänen perseensä yli ja hän puristaa sitä kovaa.

Hän nostaa häntä perseestä kietoen hänen jalkansa vyötärönsä ympärille ja liikkuu sänkyä kohti.

Hän laskee hänet varovasti alas ja liikkuu hänen päälleen.

Hän suutelee häntä syvästi hänen kaulaansa ja rintaan asti.

Hän nuolee hitaasti hänen oikean rintansa ympärillä päästäen lähemmäksi hänen nyt pystyssä olevaa nänniään.

Hän asettaa hänen nännin suuhunsa ja imee sitä puremalla sitä varovasti.

Siirtyessään toiseen rintaan, hän kurkottaa alas ja alkaa hieroa hänen klitoistaan, jolloin tämä lisää hengitystään ja alkaa voihkia kevyesti.

Hän hieroo nopeammin suutelemalla hänen vatsaansa keskittyen hänen napaan.

Hän kokee itsensä kastuvan hyvin ja hänen hengityksensä kiihtyy.

Hän suutelee hänen söpöä kumpuaan ja korvaa sitten sormensa kielellään.

Imei varovasti ja puree klitoistaan.

Tämä lähettää hänet ilon aallolle, valittaen.

Sitten hän työntää sormen, joka kulkee hänen turvonneiden pillujen huultensa ohi tuohon salaiseen, liukkaaseen kohtaan.

Hän liu'uttaa sormeaan sisään ja ulos hitaasti ja työntää sitten nopeasti toisen sormen, kun hän voihkii.

Hän keskittyy edelleen klitisen imemiseen samalla, kun hänen sormensa osuvat arvokkaasti siihen erityiseen kohtaan hänen sisällään, jonka hän tietää saavan hänet täysin hulluksi.

Hän voihkii äänekkäästi ja tuntee kihelmöivän tunteen oikeasta jalastaan ylös ja kehonsa ympäriltä vasempaan jalkaansa.

"Oi Beibi!" hän voihkii: "Tuo tuntuu niin hyvältä!"

Glenn tietää, että jos hän jatkaa tätä, hän menee ehdottomasti yli reunan, joten hän hidastaa vauhtia ja suutelee häntä takaisin ahmikseen hänen suunsa.

He jakavat intohimoisen suudelman.

Heidän kielensä tanssivat yhdessä.

Poistamalla sormensa hänen nyt kastetusta pillusta, hän alkaa hieroa hänen oikeaa rintaansa.

Hänen valituksensa tukahdutettiin suudelmilla.

Suudelma katkeaa ja hän kuiskaa hänen korvaansa:

"Tarvitsen sinua sisälläni, kulta."

Maininta hänen kova kukko liukuva hänen rakastajansa märkä pillua saa hänet murisemaan himosta ja hän liikkuu hänen päälleen.

Hän levittää hänen jalkojaan lantiollaan ja asettuu hänen sisäänsä.

Leikkiessään sillä hän työntää vain pään ja vetäytyy sitten hitaasti pois.

"Ole kiltti ja anna se kaikki minulle." Hän anoo häntä, mutta tämä voittaa ja pysyy pelin tahdissa, pistää vain kärjen sisään ja vetää sen pois, kun hän alkaa voihkia.

Lopulta odottamattomassa vaiheessa hän ajaa kovaa jäsentänsä loppuun asti saadakseen tämän huutamaan.

Hän alkaa työntyä sisään ja ulos hänestä hitaasti pitkillä, kovilla vedoilla.

Hän alkaa silittää kovemmin ja nopeammin vetämällä hänen takapuolta syvemmälle tunkeutumiselle.

"Voi luoja, sinusta tuntuu niin hyvältä sisälläni. Rakastan sinua niin paljon, kun nait pilluani."

Tässä hän murisee ja vetäytyy yhtäkkiä.

Hän viitoittaa häntä kääntymään ympäri, ja hän tekee sen nopeasti jännittyneenä.

Hän tietää, että häneen astuminen takaa on yksi hänen suosikkiasennoistaan ja hän myös rakastaa antaa sitä hänelle sillä tavalla.

Hän työntää kukkonsa häneen ja alkaa työntämään kovaa ja nopeaa.

Hän voihkii äänekkäästi ja kertoo hänelle kovemmin.

Hän rakastaa naida ihanaa vaimoaan, joten hän alkaa olla ankarampi hänen kanssaan.

Hänen ruumiinsa ja pallot iskevät hänen nyt punaiseen perseeseensä.

Hän alkaa työntää takaisin hänen työntöihinsä, mikä saa hänen kukkonsa menemään vieläkin syvemmälle.

Molemmat huutavat ilosta.

"Voi, aion cum, kulta. Oletko valmis minun cum?"

"Voi, kulta, minäkin aion cumoida."

Muutama lyönti vielä ja Susan huutaa nautinnosta ja hänen vartalonsa alkaa täristä, kun hänen orgasminsa valtaa hänet.

Glenn tuntee pillunsa seinät alkavan lypsä hänen kukkoaan, eikä hän kestä sitä enää.

Muriseen hänen nimeään, hän ampuu kuumaa cum-aan syvälle hänen nyt kermaiseen ja märkään pilluan.

Susan, joka on uupunut hänen räjähdyksestään, lepää kyynärpäillään, kun hän tuntee hänen ampuvan vielä pari spurttia cum-syöksyä häneen.

Tyytyväinen ja yrittää olla pudota hänen päälleen, hän vetäytyy hitaasti pillusta ja tarttuu häntä vyötäröstä vetäen hänet sängylle kanssaan.

He katsovat toistensa silmiin, molempien varjossa voimakkaat orgasmit, jotka olivat juuri kulkeneet heidän ruumiinsa läpi muutama sekunti sitten .

Keskinäisen tiedon tyytyväisyys viipyy huoneessa, kun molemmat nukahtavat toistensa syliin.

PUKEUTETTU TILAAMUKSEEN

37

Yön hiljaisuus ympäröi häntä, painaen häntä tyyneydellä, yrittäen rauhoittaa hänen ahdistustaan.

Se ei kuitenkaan voinut rauhoittaa häntä.

Hallitsemattomat tunteet, joihin hän ei ollut tottunut ja joihin hän ei ollut koskaan ennen kokenut , levisi hänen ruumiinsa läpi ja sai hänet hermostuneeksi.

Hänen kantapäänsä napsahtivat pehmeästi päällystettyä polkua pitkin, kun hän katsoi ylös taivaalle.

Miksi menet sinne tänä iltana?

Miksi hän oli pukeutunut niin?

Hän tunsi voiman, jolla hänen katseensa oli häneen.

Hän huokaisi ja antoi mielensä lakata ajattelemasta tapahtumia, joita voisi tapahtua tänä iltana.

* * *

Tuntui, että kaikki katseet olivat hänessä, kun hän astui tiloihin.

Hänen korkkareensa napsahtivat kovapuulattiaa vasten, kun hän ylitti tanssilattian ja lähestyi baaria.

Hänen punaisen ja mustan asunsa hame heilui puolelta toiselle joka askeleella, punainen raita valui polveaan vasten, kun taas musta lepäsi muutaman tuuman sen yläpuolella.

Pusero riippui löyhästi hänen harteistaan, alas hänen rintoihinsa, pomppii juuri tarpeeksi kiinnittääkseen huomion jokaisella askeleella ja osoitti runsaasti ihoa.

Ja ilman rintaliivejä.

Hän tiesi, miltä hän näytti tässä asussa.

Hän näytti lutkalta.

Hän oli viimeistellyt lookin mustalla pitsinauhalla kaulassa ja vain ripaus punaista huulipunaa.

Hän istui miehen ja naisen välissä ja hymyili tarjoilijalle.

"Hei James."

"Samy. Mukava nähdä sinut taas." Hän antoi katseensa liukua hitaasti hänen kasvojensa ja rintojensa yli. "Ihan hyvä itse asiassa. Ja kenelle tilaisuus on?"

Hän pudisti päätään ja hymyili, jolloin kiharat putosivat hänen korvansa yli.

"Ei ole tilaisuutta. Minusta vain teki mieli pukeutua niin."

Hän kurkotti tangon yli ja työnsi kiharan hänen korvansa taakse.

Hänen sormensa harjasivat hänen poskeaan ja hän melkein unohti kuinka hengittää.

"Sinun pitäisi pukeutua näin useammin."

"Ehkä aijon."

"Lähden töistä nyt tänä iltana yhdentoista aikoihin. Haluaisitko tanssia sen jälkeen?"

Hän nyökkäsi hitaasti, pystymättä irrottamaan katsettaan miehestä.

Hyvin hitaalla tarkkuudella hän kumartui tangon yli ja toi huulensa hänen huulilleen, syventäen suudelmaa juuri sen verran, että hän halusi lisää, ennen kuin hän vetäytyi pois.

"Noin kaksikymmentä minuuttia."

* * *

Nuo kaksikymmentä minuuttia eivät olleet koskaan tuntuneet pitemmiltä Samyn elämässä.

Hän katseli kaikkea ympärillään koko ajan tietoisena jokaisesta hänen liikkeestään katsomatta häneen.

Tuntui kuin hänen aistinsa olisivat virittyneet hänen kehoonsa, mutta hän silti hyppäsi, kun hän kosketti häntä olkapäähän.

Hän oli avannut mustan paitansa kauluksen ja hymyili hänelle ojentaen kätensä.

"Luulen, että olet minulle tanssin velkaa."

Kun hän laittoi kätensä hänen käteensä, tuntui kuin pieni sähköisku olisi mennyt hänen ruumiinsa läpi.

Hän hymyili johtaessaan hänet tanssilattian nurkkaan ja veti hänet sitten lähelle kehoaan kappaleen muuttuessa.

Se oli hidasta ja viettelevää, ja hänen lyöntinsä näytti vastaavan hänen sydäntään, kun hän painoi häntä vasten.

Ja juuri niin hän oli erittäin tietoinen kovista muodoista, jotka aaltoivat hänen pehmeää vartaloaan vasten.

Hän liukui kätensä hänen ympärilleen ja painoi kätensä hänen pehmeisiin takamuoveihinsa, kun ne heiluivat edestakaisin.

Hän kumartui alas ja painoi huulensa naisen huulia vasten, jakoi ne varovasti ja vietteli häntä kielellään.

Hänen kätensä liukui alemmas naisen selälle, lepäsi hänen lantiollaan, liukuen riittävän alas hyväilläkseen hänen perseensä yhtä poskea, kun hän veti hänen alavartaloaan omaansa vasten.

Hän haukkoi henkeään, kun hän tunsi kuinka lujasti hän todella painautui häntä vasten, ja hän olisi voinut vannoa kuulleensa hänen voihkivan.

Mutta aivan kuten hän teki, toinen tarjoilija huusi häntä ja hän huokaisi pudottaen päänsä taaksepäin.

"Samy... tulen heti takaisin. Vannon, että tulen. Älä mene minnekään."

Hän nyökkäsi hieman typerästi kävellessään pois tanssilattialta syrjäiseen koppiin.

Hän katseli, kun James käveli takaisin baariin ja kumartui jälleen hänen ylle puhuen Josephin kanssa.

Joseph oli illan sijainen baarimikko.

Hän otti aina tehtävän, kun James jäi eläkkeelle.

Kun hän näki pitkän, jalkaisen blondin liittyvän heidän joukkoonsa, hän tajusi jotain.

Hän ei ollut sellainen tyttö.

Minulla ei ollut aavistustakaan mitä olin tekemässä.

James oli sellainen mies, jolla oli aina mikä tahansa tyttö saatavilla, mikä tahansa pitkä, blondi, superseksikäs tyttö.

Ja hän oli lyhyt, tumma ja latinalainen.

Hän lähti juoksemaan.

Niin nopeasti ja hiljaa kuin pystyi.

Hän suuntasi kohti ovea ja kun hän katsoi olkapäänsä yli, hän näki blondin nojaavan Jamesin puoleen ja juoksevan sormensa ylös hänen käsivarteensa.

Hän huokaisi ja pudisti päätään jatkaessaan matkaansa.

Ei olisi hyvä pysähtyä miettimään sitä.

Hänen jalkoihinsa alkoi sattua kantapäänsä vuoksi, joten hän otti ne pois ja astui pois mukulakivipolulta antaen jalkojensa ohjata hänet joen rannalle, jonka hän tunsi niin hyvin.

Hän työnsi jalkansa joen rantaan ja katseli vain vettä pitkään.

"Mitä oikein ajattelin?" Lopulta hän mutisi.

"Sen minä haluaisin tietää."

Hän melkein huusi kääntyessään ympäri.

James seisoi hänen takanaan kädet ristissä vihaisesti ja rypistyen.

Mutta rypistys vaihtui hitaasti hämmentyneeseen ja huolestuneeseen ilmeeseen.

"Samy, sinä itket. Mikä hätänä?"

Hän katsoi pois hänestä ja ylitti joen toiselle nurmikolle.

"Minun ei olisi pitänyt tehdä sitä. Minun ei olisi pitänyt tulla baariin tänä iltana sellaisina pukeutuneena. Minun ei olisi pitänyt ajatella, että minulla olisi mahdollisuus ."

"Samy, mistä helvetistä sinä puhut?"

Hän käveli ja pudotti kätensä naisen olkapäälle.

Hän tärisi, hänellä oli kylmä.

Hän riisui kiireesti takkinsa ja levitti sen hänen harteilleen ja liikkui hänen takanaan hieroen hänen käsiään.

"Näytit kauniilta siellä. Luulen, että unohdin kuinka minun piti hengittää, kun tulit sisään."

"Olen nähnyt naisia, joiden kanssa olet yleensä. En ole heidän kaltaistensa, James. En ole tyylikäs tai superseksikäs. En ole blondi, pitkä, pitkäjalkainen tai täydellinen vartalo. Minulla ei ole ratkaisua . " Sitä vastaan. En edes tiennyt mitä olin tekemässä." Hän lopetti kuiskaten.

"Oikeasti? Olisit voinut huijata minut siellä."

Hän käänsi hänet itseään kohti ja kumartui eteenpäin painaen huulensa hänen kaulaansa vasten.

Hän vapisi.

"Kehosi tuntui täydelliseltä, kun painoit minua sinua vasten tanssilattialla."

Hän kurkotti ylös ja kupli hänen rintaansa jäljittäen hänen nännin ääriviivat puseron läpi.

Se sai hänet hieman värisemään.

"He näyttivät varmasti tietävän, mitä he halusivat tehdä, kun suutelimme ja puristelimme yhdessä."

Hän kumartui hänen ylle ja pakotti hänet alas, kunnes hän makasi lattialla.

"Anna minun näyttää sinulle, Samy. Anna minun näyttää sinulle, että olet enemmän kuin luulet."

Hänen huulensa liukuivat hänen huuliaan vasten ennen kuin liukuivat alas hänen kaulaansa ja ohuen puseron yli, joka peitti hänen rintansa.

Hänen hengityksensä takertui kurkkuun, kun hänen huulensa löysivät ensin yhden nännin ja sitten toisen ja imevät niitä hitaasti, kun hän kumartui hänen kosketukseensa.

Hänen sormensa löysivät näppärästi naisen paidan helman ja alkoivat vetää sitä hitaasti ylös kiusaten hänen ihoaan, kun se paljasti itsensä.

Hän nosti sen hänen rintojensa ohi ja piti sitä juuri niiden yläpuolella suudelessaan hänen oikeaa rintaansa maistellen hänen ihoaan.

Hän voihki, kun James vihdoin toi huulensa hänen rintansa harjalle, otti nännin hampaidensa väliin ja veti sitä kevyesti ennen kuin imi sitä.

Hän voihki vieläkin kovemmin, kun hänen kätensä alkoi hiivata hänen toista rintaansa, pyöritellen kämmenään nännin yli toistuvasti.

"Sinä näet?" Hän hengitti hänen ihoaan vasten. "Olet täydellinen nainen".

Hän alkoi suudella häntä matkalla alas, piirtäen ympyröitä hänen navan ympärille kielellään.

James hymyili hänelle, kun hän kurkotti hänen hameensa, ja sen sijaan, että olisi vetänyt sitä alas, hän työnsi sitä ylös.

Etuosa taittui taaksepäin ja seuraavana hetkenä hän antoi pehmeitä, leikkisitä suudelmia pitkin hänen kuumaa kumpua hänen pikkuhousunsa yläpuolella.

Hän oli jo märkä.

Hän tunsi hänet pikkuhousunsa läpi, kun hän hieroi nenänsä häntä vasten.

Hän vapisi hänen alla ja hän silitti varovasti hänen sormiaan ylös ja alas, kun hän liukasteli hampaillaan hänen pikkuhousujaan alas.

Hän suuteli häntä uudelleen, ilman estettä hänen huultensa ja pillunsa välillä.

Hän alkoi liu'uttaa kieltään tämän viiltoa pitkin, ja tämä voihki, hänen lantionsa kaareutuivat villisti, niin että hän painoi kielensä syvälle häneen ja merkitsi sen kliikkaan.

Samy voihki ja kumartui hänen kieltään vasten, nautinto kulki hänen läpi, kun hän puristi hampaitaan hänen klitoosiinsa ja liu'utti sormen hänen sisäänsä.

"Valehtelin", hän hengitti hänen klissiä vasten. "En vain unohtanut kuinka hengittää."

James imi varovasti hänen klitoistaan, hänen sormensa pumppautui sisään ja ulos hänen kireydestä.

"Melkein tulin housuihini katsoessani sinua aiemmin."

Hänen sormensa tarttuivat hänen hiuksiinsa, ja hän hymyili pillua vasten, kun hän liu'utti toisen sormen hänen sisäänsä ja juoksi kielellään hänen klitoosinsa yli toistuvasti, kunnes hänen vartalonsa vapisi hänen suunsa alla.

Hänen sormensa silitti häntä, sisään ja ulos, jännittäen häntä, houkuttelemalla hänen kehoaan vastaamaan, kunnes tämä keinui hänen kättään ja kieltään vasten.

"James", hänen äänensä melkein horjui, kun se kiemurteli hänen kädessään. "Älä lopeta nyt!"

Hänen sanansa kuuluivat pehmeällä tietävällä sävyllä, mutta lisääntyivät nopeasti, kun hän huusi ilosta.

Hän puri varovasti hänen klitoistaan ja imi sitä nyt lujasti, hänen sormensa työntäen lujasti häntä ja saavuttaen hänen huippunsa.

Hän juotti innokkaasti hänen mehuaan ja kun hänen ruumiinsa vapina hidastui,

Kun hän lopetti, hän siirtyi hänen yläpuolelleen.

Hän hymyili ja nojasi otsansa hänen otsaansa vasten, antaen hänen vartalonsa harjata häntä vasten katsoessaan tämän silmiin.

"Sanoin sinulle, että olet aivan yhtä nainen kuin he, ellet enemmän."

Hänen silmissään välähti jotain, mikä saattoi olla epäilystä, kun hän katsoi Jamesin silmiin, mutta sitten hän antoi sormiensa juosta rintakehänsä yli ja alas hänen housuissaan olevaan kovaan pullistumaan.

"Siksikö sinulla on niin vaikeaa?

Koska olen nainen kuten he?"

Hänen sormensa harjaili ylös ja alas hänen kaluaan vasten, eikä hän voinut olla sille huulille, joka lipsahti hänen huultensa ohi.

Hänellä ei kuitenkaan ollut mahdollisuutta vastata, kun naisen huulet löysivät hänen ja kaikki ajatukset pyyhittiin pois hänen mielestään.

Hänen sormensa liukui hänen rintaansa vasten ja hän alkoi taitavasti avata paitansa.

Hän veti sen nopeasti pois hänen housuistaan ja työnsi hänet sivuun vetäen samalla hänen paidan kokonaan pois.

Hänen housuissaan nappi repesi auki ja vetoketju liukui melkein itsestään.

Hän veti alas hänen housunsa ja bokserit tarpeeksi vapauttaakseen hänen kukkonsa ja kietoi pienen kätensä sen ympärille, silitellen sitä hitaasti, niin että hän voihki ja painoi itsensä innokkaasti hänen kätensä vasten.

Hän huokaisi harmissaan ja nousi seisomaan, riisui housunsa ja bokserinsa yhdellä liikkeellä ja kääntyi häntä kohti.

Hän oli nyt polvillaan ja hymyili hänelle, kun hän jälleen kerran kietoi kätensä hänen ympärilleen.

Hän kumartui hänen ylle, hyväili häntä hitaasti ja sulki silmänsä.

Seuraavalla hetkellä hän kuitenkin levitti ne hänen huulensa kietoutuessa hänen kukkonsa ympärille liikuttaen niitä hitaasti ylös ja alas kovaa jäsentään.

Hän laittoi nyt kätensä hänen päänsä päälle ja alkoi hitaasti työntää häntä sisään ja ulos hänen suustaan, voihkien, kun hän imi häntä jokaisella liikkeellä.

Ei kestänyt kauan, kun lempeistä vedoista tuli nopeita ja lyhyitä, Samy imi häntä kovemmin mitä nopeammin hän liikutti päätään.

Hänen kätensä hyväili hänen pallojaan, pyöritti niitä edestakaisin, kun hänen suunsa kiristyi hänen ympärilleen.

Kun hän leikki kielellään hänen kukkonsa päässä, hän räjähti hänen suuhunsa.

Hän nieli nopeasti, kun hän lähetti kuormansa häneen, puristaen hänen suunsa ja kurkkunsa hänen kukkoansa vasten, jolloin hän tuli vielä kovemmin ja spurtsilla, kunnes hän lopulta kulutti itsensä.

Hän liukui kukko ulos suustaan hitaasti ja antoi katseensa pudota lattialle.

Hän putosi polvilleen naisen eteen ja asetti kätensä hänen poskelleen.

He olivat vain askeleen päässä, kun Jamesin sormi seurasi hänen kasvojensa sivua, upottaa sormensa hänen leuansa alle ja nosti hänen silmänsä hänen silmiinsä.

"Emme ole vielä valmiita."

Hänen äänensä oli niin matala, että hän sai väreet pitkin selkärankaa, kun hän tuijotti häntä ihmeissään.

Hän nojautui ja painoi huulensa häntä vasten, syventäen nopeasti suudelmaa.

Kun hänen kielensä liukastui hänen huultensa ohi, käsi liukastui hänen taakseen vetäen hänet häntä vasten niin, että he olivat lihaa lihaan.

Hänen nännit painuivat autuaasti hänen rintaansa vasten, ja hänen uusi erektionsa painoi lujasti hänen alempia vatsalihaksiaan.

Hän liikkui ja hieroi vartaloaan häntä pitkin hitaasti, mikä sai tämän voihkimaan heidän suudelmansa tullessa kuumeiseksi.

Hän laski hänet takaisin alas ja liukui hameen hänen jalkojaan ylös.

Hän katsoi häntä pitkän hetken ennen kuin muutti.

Hän kumartui uudelleen hänen ylle ja antoi kevyen suudelman hänen vatsalleen, juuri hänen navan yläpuolelle.

Hän hymyili hänen lämpimälle iholleen ja alkoi suudella ylöspäin kääntäen aiemmat tekonsa.

Hänen huulensa tuskin kiusoittivat hänen rintojaan ennen kuin asettuivat hänen kaulalleen ja hyväilivät hänen sydämenlyöntiään.

Hän jyskytti hänen jalkojensa välissä, hänen jäsenensä painuessa hänen märkää viiltoa vasten, kun hän kietoi jalkansa hänen vyötärönsä ympärille ja hän liukui kätensä hänen ympärilleen.

Yhdellä nopealla liikkeellä James istui naisen sylissään ja, jos tämä oli mahdollista, painoi kukkoaan vielä syvemmälle häneen.

Hän kiemurteli hieman ja hän huokaisi.

Hän suuteli häntä, kunnes saavutti hänen korvansa alapuolelle ja veti kevyesti hänen lohkoa.

"Sano minulle, Samy, haluatko sen?"

Hänen hengityksensä oli kuuma hänen ihoaan vasten ja hän vapisi.

"Haluatko, että minun iso, kova kalu haudataan sisällesi?"

Samyn vastaus kuulosti melkein voihkamiselta, kun hän hieroi itseään häntä vasten.

"Kyllä. Ole hyvä, James, olen halunnut tämän siitä lähtien...", mutta hän pysähtyi nopeasti punastuneena edelleen poskillaan ja katsoi pois.

James ei tiennyt siitä mitään.

Hän pakotti katseensa takaisin naiseen ja lepäsi erektionsa häntä vasten.

"Lopeta se, mitä sanoit."

Hän voihki ja hänen kynnensä painuivat kevyesti hänen ihoonsa.

"Olen halunnut tämän siitä lähtien, kun tapasin sinut."

"Kerro sitten kuinka pahasti haluat sen."

Se ei ollut vaatimus, pikemminkin pyyntö, kun hän liukui sormensa hänen rintojensa yli hieroen hitaasti hänen lihaansa.

Hän tunsi hänen lämpönsä säteilevän hänen kukkoansa vasten, ja hän teki kaikkensa, jotta hän ei vain heittäisi sitä ulos ja ottaisi sitä.

Hänen vastauksensa yllätti hänet ja murskasi kaiken itsehillinnän, jota hän oli käyttänyt.

"En halua sitä. Tarvitsen sitä, James."

Hänen silmänsä olivat lukittuina hänen nyt, ja hän voihki pehmeästi vasten hänen ihoaan, kun hän painoi itseään tiukemmin.

"Tarvitsen sitä niin paljon, olen haaveillut siitä niin kauan. Ole hyvä. Sinun täytyy naida minua."

En voinut enää kieltää sitä häneltä.

Hän ei voinut pidätellä enää sen jälkeen.

Hän nosti häntä, kunnes hänen kukkonsa pää painui tämän aukkoa vasten ja pudotti sen sitten nopeasti hänen päälleen.

Molemmat huokaisivat.

Hänen pillunsa oli niin tiukka hänen kukkonsa ympärillä, että kun hän alkoi liikuttaa häntä ylös ja alas jäsenensä päällä, hänen kova pituus näytti vielä suuremmalta koteloituneen hänen sisällään.

Hän voihki ja käyttämällä hänen jalkojaan vipuvaikutus alkoi pomppia hänen tien kukko.

Hänen rinnansa pomppii vapaasti häntä vasten ja hänen nännit viittoivat hänelle, kun hän kumartui eteenpäin ja alkoi imeä.

Hän voihki ja alkoi pomppia nopeammin hänen kukkolleen, työntäen itseään yhä uudelleen ja uudelleen.

Hänen huulensa kiusoittelivat hänen nännejään, vetivät niitä sisään ja imevät, sitten juoksivat heidän kielellään niiden yli ja napostelivat hänen pomppiessaan , voihkien ihoaan vasten lähettäen tärinää hänen puremiensa läpi.

Hänen pillunsa oli niin märkä, että kosteus valui alas hänen kukkoaan, ja hän voihki, kun hän tarkoituksella puristi viiltonsa ympärilleen, mikä sai hänet vastustamaan häntä enemmän.

Hän kallistai niitä molempia niin, että hän oli jälleen selällään ruohikolla ja alkoi hakkaamaan hänen kukkoaan lujasti sisään ja ulos hänestä.

Samy voihki vieläkin kovemmin, hänen kynnet haravoivat häntä takaisin, kun toinen kova työntö toi hänet takaisin huipentumaansa.

Tiukka kouristuksen hänen kukkonsa ympärillä sai Jamesin nopeasti myös kumartumaan ja hän törmäsi häneen vieläkin nopeammin, muraten, kun hänen kuuma cum täytti hänet, kunnes se valui hänen reisiinsä.

Hän kaatui kyljelleen haukkoen.

Sitten hän veti hänet itseään kohti ja antoi pehmeitä suudelmia hänen kasvojensa puolelle.

"Nyt meneekö vielä viisi vuotta ennen kuin olet tarpeeksi rohkea tekemään tämän uudelleen?"

Hän hymyili ja suuteli hänen huulilleen.

"Ei koskaan, James."

Samy hymyili ja harjaili huulensa tätä vasten.

"Hyvä, koska en usko, että voin pitää käteni irti sinusta päivää tai kahta kauempaa."

Samyn nauru kaikui järven toisella puolella, ja James hymyili istuessaan ja suuteli häntä syvästi.

Tämä voi varmasti olla alku jollekin erittäin mielenkiintoiselle.

ODOTTAMATON VASTAANOTTO

51

Glenn tulee kotiin raskaan työpäivän jälkeen ja jättää salkkunsa ja takkinsa oven viereen.

Hän huomaa talon epätavallisen hiljaiseksi, mutta ei kiinnitä siihen paljon huomiota ja suuntaa makuuhuoneeseen.

Kun hän kävelee portaita ylös, hän haistaa rakkaan vaimonsa Susanin hajuveden ihanan tuoksun.

Kun hän saavuttaa tasanteen, hän kuulee vaimeita musiikin ääniä, jotka pakenevat heikosti huoneensa ovesta.

Varmistuen siitä, ettei hän aiheuta melua, hän avaa oven hitaasti.

"Susan?" Hän sanoo melko syvällä miesäänellä.

Kun ovi avautuu yhä leveämmäksi, hänen sängyllä makaavan alaston ruumiinsa näkeminen saa hänet vapisemaan.

"Kyllä kulta." hän sanoo kireällä äänellä.

Hän alkaa kävellä sänkyä kohti, mutta nainen käskee häntä lopettamaan.

Hämmentyneenä hän tekee kuten käsketään, tietäen, että hänellä on jotain mielessään.

Hän nousee sängystä.

Hänen ruumiinsa liikkuu suurella armolla.

Hän ei voi olla kiinnittämättä hänen herkullista rintaansa, joka liikkuu hieman, kun hän kävelee häntä kohti.

Hän tuntee kukkonsa kovettua ajatuksensa kulkiessa

"Hän on niin kaunis".

Hän ojentaa kätensä ja avaa hänen vyön.

Myös hänen housunsa, hän avaa ne ja laskee ne.

Tämä saa hänet vapisemaan jännityksestä.

Koska hän näkee hänet niin innoissaan, hän hymyilee ja vetää hänen nyrkkeilijäänsä alas nälkäisenä tarpeensa imeä hänen kovaa jäsentään.

Hän asettaa kätensä varovasti hänen nyt pystyssä olevalle kalulleen silitellen sitä hitaasti.

Sitten hän ojentaa kielensä ja nuolee päätä ennen kuin laittaa sen suuhunsa.

Hän voihkii, kun hän alkaa imeä hänen kovaa kaluaan.

Siirtää sitä suuhunsa sisään ja ulos nopeammin ja nopeammin.

Sitten hän palaa hitaasti hitaaseen tahtiin ja pyörittelee kieltään pään ympäri samalla silitellen sitä kädellä.

Hän voihkii, kun hänen kätensä hyväilee hänen kukkonsa vaaleanpunaista päätä.

Sitten hän nuolee hänen pallojaan hänen kukkonsa kärkeen.

Hän ottaa sen suustaan ja nousee seisomaan suudellakseen häntä intohimoisesti ja riisuessaan tämän paitaa.

Hän kietoo lämpimät kätensä hänen ympärilleen, vetää häntä lähemmäs itseään ja tuntee hänen rinnansa painuvan hänen rintaansa vasten.

Kun he suutelevat, hänen kätensä juoksevat pitkin hänen vartaloaan ja tuntevat hänen pehmeän ihonsa sormenpäiden alla.

Hänen kätensä liikkuvat hänen perseensä yli ja hän puristaa sitä kovaa.

Hän nostaa häntä perseestä kietoen hänen jalkansa vyötärönsä ympärille ja liikkuu sänkyä kohti.

Hän laskee hänet varovasti alas ja liikkuu hänen päälleen.

Hän suutelee häntä syvästi hänen kaulaansa ja rintaan asti.

Hän nuolee hitaasti hänen oikean rintansa ympärillä päästäen lähemmäksi hänen nyt pystyssä olevaa nänniään.

Hän asettaa hänen nännin suuhunsa ja imee sitä puremalla sitä varovasti.

Siirtyessään toiseen rintaan, hän kurkottaa alas ja alkaa hieroa hänen klitoistaan, jolloin tämä lisää hengitystään ja alkaa voihkia kevyesti.

Hän hieroo nopeammin suutelemalla hänen vatsaansa keskittyen hänen napaan.

Hän kokee itsensä kastuvan hyvin ja hänen hengityksensä kiihtyy.

Hän suutelee hänen söpöä kumpuaan ja korvaa sitten sormensa kielellään.

Imei varovasti ja puree klitoistaan.

Tämä lähettää hänet ilon aallolle, valittaen.

Sitten hän työntää sormen, joka kulkee hänen turvonneiden pillujen huultensa ohi tuohon salaiseen, liukkaaseen kohtaan.

Hän liu'uttaa sormeaan sisään ja ulos hitaasti ja työntää sitten nopeasti toisen sormen, kun hän voihkii.

Hän keskittyy edelleen klitisen imemiseen samalla, kun hänen sormensa osuvat arvokkaasti siihen erityiseen kohtaan hänen sisällään, jonka hän tietää saavan hänet täysin hulluksi.

Hän voihkii äänekkäästi ja tuntee kihelmöivän tunteen oikeasta jalastaan ylös ja kehonsa ympäriltä vasempaan jalkaansa.

"Oi Beibi!" hän voihkii: "Tuo tuntuu niin hyvältä!"

Glenn tietää, että jos hän jatkaa tätä, hän menee ehdottomasti yli reunan, joten hän hidastaa vauhtia ja suutelee häntä takaisin ahmikseen hänen suunsa.

He jakavat intohimoisen suudelman.

Heidän kielensä tanssivat yhdessä.

Poistamalla sormensa hänen nyt kastetusta pillusta, hän alkaa hieroa hänen oikeaa rintaansa.

Hänen valituksensa tukahdutettiin suudelmilla.

Suudelma katkeaa ja hän kuiskaa hänen korvaansa:

"Tarvitsen sinua sisälläni, kulta."

Maininta hänen kova kukko liukuva hänen rakastajansa märkä pillua saa hänet murisemaan himosta ja hän liikkuu hänen päälleen.

Hän levittää hänen jalkojaan lantiollaan ja asettuu hänen sisäänsä.

Leikkiessään sillä hän työntää vain pään ja vetäytyy sitten hitaasti pois.

"Ole kiltti ja anna se kaikki minulle." Hän anoo häntä, mutta tämä voittaa ja pysyy pelin tahdissa, pistää vain kärjen sisään ja vetää sen pois, kun hän alkaa voihkia.

Lopulta odottamattomassa vaiheessa hän ajaa kovaa jäsentänsä loppuun asti saadakseen tämän huutamaan.

Hän alkaa työntyä sisään ja ulos hänestä hitaasti pitkillä, kovilla vedoilla.

Hän alkaa silittää kovemmin ja nopeammin vetämällä hänen perseensä syvemmälle tunkeutumiselle.

"Voi luoja, sinusta tuntuu niin hyvältä sisälläni. Rakastan sinua niin paljon, kun nait pilluani."

Tässä hän murisee ja vetäytyy yhtäkkiä.

Hän viitoittaa häntä kääntymään ympäri, ja hän tekee sen nopeasti jännittyneenä.

Hän tietää, että häneen astuminen takaa on yksi hänen suosikkiasennoistaan ja hän myös rakastaa antaa sitä hänelle sillä tavalla.

Hän työntää kukkonsa häneen ja alkaa työntämään kovaa ja nopeaa.

Hän voihkii äänekkäästi ja kertoo hänelle kovemmin.

Hän rakastaa naida ihanaa vaimoaan, joten hän alkaa olla ankarampi hänen kanssaan.

Hänen ruumiinsa ja pallot iskevät hänen nyt punaiseen perseeseensä.

Hän alkaa työntää takaisin hänen työntöihinsä, mikä saa hänen kukkonsa menemään vieläkin syvemmälle.

Molemmat huutavat ilosta.

"Voi, aion cum, kulta. Oletko valmis minun cum?"

"Voi, kulta, minäkin aion cumoida."

Muutama lyönti vielä ja Susan huutaa nautinnosta ja hänen vartalonsa alkaa täristä, kun hänen orgasminsa valtaa hänet.

Glenn tuntee pillunsa seinät alkavan lypsä hänen kukkoaan, eikä hän kestä sitä enää.

Muriseen hänen nimeään, hän ampuu kuumaa cum-aan syvälle hänen nyt kermaiseen ja märkään pilluan.

Susan, joka on uupunut hänen räjähdyksestään, lepää kyynärpäillään, kun hän tuntee hänen ampuvan vielä pari spurttia cum-syöksyä häneen.

Tyytyväinen ja yrittää olla pudota hänen päälleen, hän vetäytyy hitaasti pillusta ja tarttuu häntä vyötäröstä vetäen hänet sängylle kanssaan.

He katsovat toistensa silmiin, molempien varjossa voimakkaat orgasmit, jotka olivat juuri kulkeneet heidän ruumiinsa läpi muutama sekunti sitten .

Keskinäisen tiedon tyytyväisyys viipyy huoneessa, kun molemmat nukahtavat toistensa syliin.

TYYTYMÄTÖN

57

On viileä aamu.

Minun täytyy mennä töihin, mutta en halua nousta ylös.

Makaan täällä, ajattelen rakastavani sinua.

Näen silmäsi katsovan minua, hymyilevän minulle.

Tunnen jo lämmön nousevan haarassani.

Liu'utan käteni varovasti rintojeni yli ikään kuin silmäsi seuraisivat sitä.

Nännit reagoivat välittömästi ja kovettuvat.

Nostan rintaa ja imen nännin kevyesti suuhuni.

Tunnen huulesi sulkeutuvan toisen nännin ympärille ja huuliltani karkaa syvä voihka.

Tunnen mehun, kun se alkaa liukua alas pilluni sisältä.

Liikun käsiäni vatsan ympärillä ja sitten alas vatsalleni kuvitellen, että kätesi koskettavat minua.

Liu'utan hitaasti keskisormeani kosteuteen ja lämpöön.

Puristan sormeani kuin kukkosi olisi syvällä sisälläni.

Liu'uttamalla sormea sisään ja ulos, lantioni alkavat liikkua pyörivin liikkein.

Tunnen sormeni kaipaavan lisää sitä tunnetta, jota ollaan luomassa.

Kämmeni on tarttunut mehuun, joka nyt tulee pillustani.

Nuolen kämmenen makeaa makua ja liu'utan pitkän sormeni suuhuni kuvitellen, että se on herkullinen kukkosi.

Piirrän hitaasti sormenpääni kielelläni kuin se olisi kukkosi pää.

Liikutan kieltäni sormellani pyöritellen sitä ympäriinsä saadakseni jokaisen mehun palan kiinni.

Suljen huuleni tiukasti sormeni tyven ympärille ja liu'utan suuni kärkeen ja aloin työstää kieltäni sormeni yläosan ympärillä.

Mitä kuvittelet, että kukkosi on haudattu suuhuni?

Katselen pääni liikkuvan ylös ja alas, imeen sinut syvälle kurkkuuni suulihasteni toimiessa.

Minä imen kukkoasi ja voit tuntea kieleni ja suuni imevän sinua aivan kuten minusta tuntuu, että olisit imenyt nännejäni.

Kieleni liikkuu kaikkialla , märät huuleni liikkuvat jatkuvasti ja tarvitsee imeä sinua kovemmin, nopeammin ja syvemmälle.

Olen erittäin innoissani ajatuksesta, että tunnen sinut hautautuneena minuun.

Otan sormestani ja liu'un sen takaisin pilluani varmistaen, että se on kastunut.

Otan sormeni ulos ja hieron sitä halkiolleni ja kastan sen uudelleen sisään saadakseni lisää kosteutta.

Tällä kertaa hieroin myös tiukkaa takareikääni.

Liu'utan sormea hitaasti sisään ja orgasmi on välitön.

Haluaisin, että naiisit minua sormillasi ja kukkollasi samanaikaisesti.

Rakastan ajatusta olla täynnä sinua.

Käännyn vatsalleni ja alan työstää klissiä molemmilla käsillä.

Siirrän käteni vatsaani vasten, painan lujasti suloista kumpua.

Nauraan itseäni käsilläni, kunnes tunnen sen tunteen alkavan.

Sensaatio alkaa syvältä ja saa minut puristuksiin, kun menen taas kumartamaan.

Liikun lantioni nopeammin, jalkani käpristyvät, ja minun täytyy räjähtää sisällä, kun vituttaa itseäni.

Pitkä, syvä, kumpuileva voihka karkaa, kun huipentan täysin ja räjähdän.

Väsyneenä makaan selälleni, ajattelen juuri kokemaani ja huomaan olevani taas kiihottunut.

Kysyn itseltäni jatkuvasti "mikä tämä loitsu sinulla on minussa"?

Kukaan mies ei ole kiihottanut minua niin paljon kuin sinä.

Näen sinut mielessäni, rakastava ja seksikäs mies.

Tunnen pehmeät, suloiset huulesi omillani.

Tapa, jolla silkkinen kielesi ääriviivat huuleni ja hampaidesi pehmeän purenta.

Tapa, jolla kielesi liukuu syvälle suuhuni ja maistuu kuinka nälkäinen minulla on sinua varten.

Tapa, jolla sinun kielesi ympäröi minun ja syljen makea vaihto sekoittuu minun kanssani.

Tunnen lämpimän suusi, kun se liikkuu korvaani kohti ja kielesi kärjen lämmön, kun se heittelee sisään.

Nimeni pehmeä kuiskaus tuo ryypyn cum suoraan suloiseen pilluani ja suusi liikkuu koviin, pystyssä oleviin nänneihini.

Hitaasti kielesi kiertää vasenta nänniä ja puhallat niin pehmeästi.

Suljet suusi reaktiivisen kovuudeni vuoksi ja minä voihdan.

Oikea käteni alkaa liukua nänneni yli ja nostan vasenta rintaa suutani kohti imeäkseni nänniä varovasti, jäljitellen miltä suusi tuntuisi.

Hitaasti sormeni liukuvat kylkiluiden yli vatsaa kohti ja käteni pitkät, ohuet sormet saavuttavat suloisen klitorikseni.

Kärjet harjaavat varovasti nappia vasten ja keskisormeni liukuu sisälle ensimmäiseen rystykseen tuntemaan sinne kerääntyneen kosteuden.

Liu'utan sormeani syvälle vapauttaakseni kumin ja nappaan hunajamehun kämmenelleni.

Nuolen mehua kämmenestäni ja nautin seksin mausta ja tuoksusta.

Liu'utan keskisormeani, ensimmäiseen rystykseen asti, suuhuni kuvitellen, että se on kukkosi pää.

Hitaasti kieleni pyörii ympäriinsä, maistaen taas mehua ja tiedän, että se on sinun precum, jota maistan kielelläni.

Kuuma, märkä suuni liukuu sormeni yli, ikään kuin se olisi kuuma, turvonnut jäsen.

Suuni sulkeutuu kokonaan ja liukuu kärkeen asti, kun tiukka suuni imee vain silkkisen kukkosi kuviteltua päätä.

Kun nostan vauhtia vitun sormeni suuhuni, voin melkein tuntea jännityksen palloissasi, kun cum alkaa nousta.

Juuri tästä ajatuksesta tunnen kosteuden lipsahtavan ulos pillustani ja tiedän, että minun täytyy naida itseäni.

Kierrän nopeasti vatsalleni kädet kurottaen pilluani.

Painan niitä lujasti kummua vasten, sormieni pehmusteet löytävät klisooni.

Lonkkani alkavat hitaasti pyöriä, ympäri ja pyöreä, kun jalkani ja jalkani lihakset alkavat jännittyä ja sormeni työstää suloista pilluani.

Katson sinun astuvan sisään takaa ja kuvittelen kukkosi, joka on kastunut mehuistani ja kimaltelee kosteudesta, kun se liukuu sisään ja ulos pillustani.

Voi vittu, olen niin vitun kiihtynyt, kun sormeni ja kämmeni painavat lujasti... niin lujasti kuin voivat, kun huipentan.

Jalkojani ja jalkani ovat puristuksissa, vartaloni vapisee intensiteetistä.

Käännyn selälleni kuvitellen suloisen, sykkivän kukkosi sisällä minun cum-janoinen pillua.

Minun pillua lihakset edelleen puristaa kuin jos ne imevät cum pois kukko.

Ja sitten kyllä, voin melkein tuntea tuon kuuman kielesi, kun se liukuu ylös ja alas viillostani.

Suusi sulkeutuu pilluni huulten yli ja kielesi nopea liike saa minut kumartamaan suuhusi.

Ja sinä nouset seisomaan, hajautat vartaloani ja liu'utat imeytyneen kukkosi suuhuni.

Nautin sekamehujemme mausta, kun imen ja nuolen puhtaasti.
Kaadun sängylle, vartaloni tärisee ja kihelmöi edelleen.
Mikä ihana tunne saat minut tuntemaan kanssasi.

LOPPU

63

Don't miss out!

Visit the website below and you can sign up to receive emails whenever Erika Sanders publishes a new book. There's no charge and no obligation.

https://books2read.com/r/B-A-IGGS-CKQOC

BOOKS 2 READ

Connecting independent readers to independent writers.

www.ingramcontent.com/pod-product-compliance
Lightning Source LLC
Chambersburg PA
CBHW021804150726
47989CB00004B/1777